脱胎一个旅程

古国伦 —— 著

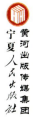

黄河出版传媒集团

宁夏人民出版社

图书在版编目（CIP）数据

脱胎一个旅程/古国伦著. —— 银川：宁夏人民出版社，2025.2. —— ISBN 978-7-227-08087-9

Ⅰ. I227

中国国家版本馆CIP数据核字第2025GA4208号

脱胎一个旅程　　　　　　　　　　　　　古国伦　著

责任编辑　杨敏媛
责任校对　陈　晶
封面设计　王敬忠
责任印制　侯　俊

 黄河出版传媒集团
宁夏人民出版社　出版发行

出　版　人　薛文斌
地　　　址　宁夏银川市北京东路139号出版大厦（750001）
网　　　址　http://www.yrpubm.com
网上书店　http://www.hh-book.com
电子信箱　nxrmcbs@126.com
邮购电话　0951-5052106
经　　　销　全国新华书店
印刷装订　宁夏银报智能印刷科技有限公司
印刷委托书号　（宁）0031861

开本　889 mm×1194 mm　1/32
印张　6
字数　150千字
版次　2025年2月第1版
印次　2025年2月第1次印刷
书号　ISBN 978-7-227-08087-9
定价　48.00元

序

　　无法将内心的简洁投入人间，只能在世俗的轮回中破茧，以一个人的轻忽略整个世界的重，在苍茫的天地间脱胎一个旅程，让内心的宁静愈加宁静，收获一段只属于自己的深情。

　　匍匐人间的沉默，牵一尺清凉的风，游弋于山野，以久有的懵懂，张开一些暮色，看见燃点的篝火，引领一片蛙声，推高万籁俱寂的人间。不断流放自己的情丝于山水间，以旷世的温柔拥抱生命的永恒，获得继续前行的执念，让一颗心长久氤氲，在岁月的关口突破，走入一马平川的浪漫。让爱兀自斑斓，让情不断葳蕤，在起伏的岁月中，收获属于自己的万方关山。正如一株草木，从来不用到处迁徙，植根于某个角落，平心静气，安度流年。

　　斟满岁月的苍茫，常自抚摸内心，有太多的触动悬挂在时光的枝丫，有太多的情感迷失在光阴的深处，有太多的抒情浓缩在岁月的角落。当一次次步履蹒跚迈过日子冗长的隧道，一次次茫然无助，徘徊在生活的十字街头，遥望日月星辰，无奈就在无奈中攫取勇气，彷徨就在彷徨中获得永生。将一片痴情停泊在早就远去的田园，将一腔热血泼洒在纸上的江山，爱就算冷却，依然拾掇起流年的一片枫叶，装点在心灵窄小的空间，态生一次梦寐以求的斑斓。这个时候，更像一只候鸟，把一缕香烟放大为炊烟，把一盏清茶放大为人情，把一阵清风放大为寒暖，把一片流云放大为阴晴。窗外，秋水如止，收纳了人间，站着的心，再无波澜。

执着光阴的温暖，把人生高高举起，在流岚空洞的时候，以最纯粹的热情，拥抱生命。站在高处，把一切复杂变得简洁，把一切繁芜变得纯粹，让孤立不再孤立，让独处不再独处，在冗沉的岁月中，不断拔节一片田园，安放不再挣扎的灵魂，在岁月的纸张上留下足够的晴空，与一片白云相揖，与一只苍鹰相顾。把岁月的刘海一再吹动，婆娑一生的旖旎。生命从未枯萎，像字典里的字，坚守阵地，一旦被打捞，构筑在某一首诗的灿烂里，不可或缺。在岁月的册页中，无须钩沉，始终拥有，站立的位置。

抚摸返青的流年，岁月足够宽广。或站着，或坐下，牵扯的内心情丝缕缕，挥手之间，不断撕开本身隐藏的含蓄，不断加密命运本身紧锁的密码，让笼罩在脑海中的流岚雾霭再披上一层神秘，以遁世的直白面对曾经风雨交集的征程。站在即将抵达的关山面前，用多情的梦呓畅快淋漓抒发一次若有若无的旅行，在未来板结抑或发酵的晨昏里，泅渡彼岸。月光，未满还满，多像一个人，站在岁月的跑道上，孤独地接受阴晴圆缺，唯有自己知道，寒来暑往。一如今夜多情的风，无法将月光打动，让世界再多一次可有可无的动容。

迈出时光的荒凉，堆砌一座心灵的围城，植入生长层岩的青苔，留下旷世的古朴应对如水的光阴，还原原始的岁月，开启不一样的晨昏，让爱在林间葳蕤，让情在风中动人，在山水的包围中，收获自己的田园，与天不老，与地长存，在日出月落间因陈一生的倾情。当一地光阴铺满小径，踩着落叶，归根升起的炊烟，等待黎明生动铺陈与世无争的人间。青山垂拱，野鹤有了停靠的据点，回声愈益清脆和空灵。一颗心，无谓远近，只与青山一起，就此打坐，目送清风，垂钓阴晴。期待，一道波光乍现，把遁世的沉默，和盘托出。

唱响山河的情歌，把内心的眷恋融入流连一生的土地。踏着时光的积雪，穿过岁月的风霜，卸下长久的孤独，迎接黎明的天光。苍天之下，把生命赋予的某种责任一再稀释，不再在春夏秋冬中沉湎，只在清风朗月间漂移。沉重就从沉重中萃取浮世的风景，迷茫就在迷茫中简选红尘的精神，用流动于胸的热情包裹，投入内心从不轻易打开的江山。阳光一再亲吻土地，草木油亮的表情充满质感，这或者就是时光的葳蕤吧，流遍原野，流遍山岗，流遍站立的地方。当清风的襁褓一再将我拥抱，素有的感觉一再胎生，一切已无法切割，无从切割，只能举高一颗心，开出一朵花，别在土地上，向世界表达与生俱来的深情。

无法诉说生命的轮回，只能把对生命的理解一再自我深入，兀立在光阴的棋盘中点化自己，像一只山鹰俯视纸上的领地，脱胎一个旅程。当山鹰一次次盘旋，选择也只能适可而止，在欲说还休的轮回中俯冲，已经缺乏应有的热情，走不出这光阴的栅栏，徘徊，源于对岁月不老的深情。

第一章

葡萄人间的沉默

第二章

斟满岁月的苍茫

第三章

扯着光阴的温暖

第四章

抚摸返青的流年

第五章

迈出时光的荒凉

第六章

唱响山河的情歌

第一章

葡萄人间的
沉默

高举人世的风景，葡萄在岁月枝头，并不
屈从于运命，一再放大自己的内心，宽广就在
宽广中停泊，狭窄就在狭窄中浮沉，以素有的
恬淡，收纳风云，让光阴一再澄澈，生命一再
晶莹，尽量脱胎世俗的征程……

草民

作为一个过客，从不轻易
碰触江山
只是匍匐于时间，在红尘中苦行

内心的清澈，历经风霜之后
足够平静，一再审视人世的风景
无须搭建浮屠，另求安生

正如一株草木，植根于某个角落
从来不用到处迁徙，心甘情愿
安度流年

人类的思想，远不及草木之心
一次花开，已知光阴轻盈
生命本非沉重，只在自大中沉沦

大地辽阔，满眼都是草木的江山
不管丰不丰满，都是
岁月举高的圣火，闪耀着光明

盛大的世界，一切无从再度构建

众生皆是草木的子民

徘徊在草木深处，不知深浅

涂鸦

如何让我的文字永远葱茏
生长在大地的纸张上
没有孤独和忧伤

大地如此辽阔
不断种植各种日子
在岁月轮回中，饱经风霜

站在日子里头，一个挑夫
无法逃避传说的宿命
迎着日月星辰，深情涂鸦

油彩一再泛滥，一再
在风中剥落
无论如何，谁也改变不了
大地的颜色

只有来自内心独白的云朵
洒不洒落，都葳蕤山河
一如我的文字，从不轻易
在大地的纸张上勾勒

大红花

不需语言去推高颂词
一个名字就是一种信守

站不到光阴前台，去接受
生命赋予的精神意义
像木棉花，独自感受英雄
火炬般的力量

不想紧扣风霜雨雪，以不屈
加持各种独特内涵
直白盛开，佩戴在阳光胸前
成为别人的勋章

岁月之上，世界并不辽阔
站着，就是一道篱墙
以自己的辽阔，默默守护
并不辽阔的世界

多像一种爱，从不轻易站在
中央，到处都在流淌

只要开着，就是最好的认证

一种与生俱来的分量

稻草人

就在这里，就在这里老去吧
像一个稻草人，安守一次收成

车流一天天搬运日子，街道上
两排香樟树，如不知疲倦的列兵
守护在城市深处，迎送晨昏

阳光，一定经过不少风霜洗礼
开放之后，冷暖自知

此刻，最希望在一片田野上
成为一个稻草人，与田野
共同呼吸
就算身不由己，也有自己的领地
让别人的丰收，成为自己的喜悦

或者，像一头老牛
凝望着稻草人，扬蹄，不再
反刍往事
作为背景，继续深入深处

风雨

谷雨的风雨还没走远
立夏的风雨就扑面而来
一切开始疯长，站在西江拐弯处
因为孤独，无法盛下一切生长

并不善于思考事物隐藏的真相
相信一只小鸟，飞翔
不为抵达，只为一次饱食
迁徙猎场

或许，站在这万方绿意之中
并不需要一场风雨，草率落墨
打湿栖居之所唯美画面
更希望像一朵云，在天空留白
让一切讳莫如深，言简意赅

行走的意义已经足够深刻
衍生的事物都出于某种情结
一朵花并非一个世界
一个世界源于一朵花的简洁

浓云未曾散去，风雨也无意停歇
站在大地之上，所有选择
都高不出青山沉默

思念

并不想扣紧这个夏天
夜幕低垂，知了鼓噪过的天空
张开残缺的蓝，嵌入
几颗微亮的星，扣不住
一首诗仅有的孤独

原野并未点起一堆篝火，击退
渐次的凉，一次徘徊，落入
孤灯左右的时光

夏虫也无意停止鸣叫，抬不高
寂静陈设的周遭，新月如钩
钓不动，含蓄于内心的衰老

夜风并不薄情，知道一次等待
暗藏的光阴，尽量蹲下身子
拥抱一次无眠

黑夜空旷，一枚黄叶
在此时飘落，投不投递，都没
邮戳

命题

无谓时光流逝
一切都在如期流淌

远山挺首，像永恒的长短句
站在日子之上
无须任何解读或注释

近水萦绕，平缓或急湍
独自传唱一首歌经久的旋律

飞鸟敲击阳光的脆响
被清风包裹成白云，寄往
远古或未来，谁也无法拆封

行走的世界，烟村远逝
穿梭在城郭的时光中
一再演绎生存的定义

也许结论无法预知
结果，早就注定，在此之前

只能饱蘸笔墨，尽量推演

会不会，都必须完成的考题

渴望

我的伤，不在眼泪
在文字堆积的山水间
我的痛，不在内心
在文字编织的世界里

一只苍鹰高擎，俯视世界
高于云端的爱恨
折叠在山水间梳理，曝光
一节最真实的寓言

当阳光一再拷问大地
看得见的山山水水，能否
突出一袭炊烟，撬动黄昏
在文字堆积的世界中，推高
山水

伤和痛，任由清风一再咀嚼
发出的脆响，就算老调重弹
无法掩饰，一个灵魂
渴望誊写世界的体温

和平

不知道阳光一再赐予大地的初衷
是居于对人类的认同，还是
居于对万物的厚爱

几尺垂柳诞生的风情，足以打动
一池清水饱含深情
多像爱，无须放大，只要投入
就能荡漾回音

阳光足够无私，在岁序更迭中
一再触摸到年轮的冷暖
就算无法长久保持应有的温度
站在冰天雪地中，从不怀疑
阳光是否会再次带来，春暖花开

心，只要足够宽大，无谓远近
都会一再繁衍黎明，当鸟声雀起
朝霞灿烂，树木含新，一切
依旧生动

爱，只要繁衍，和平就能抵达
看见世界生动的铺陈

寓居

习惯了窗外的寒热
习惯了窗内的凉温
在日月的停顿中，轻扯一片清风

行走在习以为常的路上
云烟空洞了花木陈设的世界
前行已了无新意，驻足
理解一只征鸿，走出忧伤的忧伤

阳光，一再定义秋水澄澈
在波光潋滟中，能否
收留一片挤干眼泪的流云
轻易看见，自己停泊世外的表情

此刻，最神往一只野鹤轻闲
忘情于山水间浏览
多像一只星辰，举高一片天空
让收缩于斗室的灵魂，忽略浮沉

情，就算早就不再发酵
宛如那飘落的黄叶，爱没爱过
只能听任西风，有意无意
摇落流年

习惯了窗外的阴晴
习惯了窗内的晨昏
在昼夜的轮回中，举轻一寸光阴

原野

无可否认此行的心情
一如这原野的绿
多一分太重，少一分太轻

阳光下，一切安之若素
云无志，鸟无务，风无心
只一池清水，有意无意
折叠波纹

几点蛙鸣，并未陈旧
仿佛隔世的鼓点，让空旷
愈加空旷

此刻，文明一触即碎
遗落在原野上，像
刚出土的瓦砾，无须鉴定
不老神农，呵护着庄稼
静待收成

草木繁衍，世界并没走远
安静地停泊在原野上
一切挣扎，从未发生

窗 口

不再在意周遭的景致
在细腻的时光中紧跟一枚黄叶
擅自脱胎

眼前的山河愈加清晰
不再在乎，能否走出茫茫人海
像一枝花开过季节，灿不灿烂
都无可替代

世界太大，一颗心
不能没有停泊的平台
一再仰望，浮云无据，任由
清风牵扯，靠不靠近天空
最终，只能等待他人的等待

站在高处，俯视
收拢的日子，终归宁静
爱与不爱，内心都不再澎湃

在偌大的立秋
站在窗口，只能眺望
无论高低，足够宽广，正放飞
几只自由自在的鸟

一切已无可放大，也无可缩小
在迢遥的晨昏里，只有
一再把自己找到

时光

停顿于一场雨之后的清新
捕捉鸟声传递的路径
不踏足也踏足了岁月葳蕤

闲庭已无须丈量
信步同行一阵清风
仰望，层云洞开一片天空
像一扇打开的门，迈不迈出
无谓温寒

一支烟，足以撬动世界的重
一杯茶，足以安顿灵魂的轻

在这草丰木茂的时候
无须着墨几寸光阴，造作
几许浮沉

层云一再打开，漏下阳光
一如黎明初生

画纸

画纸一旦铺开
方寸之间，任涂鸦或写生

并不明白你想到什么
并不明白你看到什么
落笔，总有不一样的慨叹

偌大的世界，岁月冗长
涂抹或勾勒，都有
不一样的感想

看见佳作流芳百世
看见珍品名扬千古
在意或不在意，一张画纸
都盛满万千气象

时光从不湮没谁
只有自己湮没自己

在人生的画纸上
落款之后，高下由人

迷失

季节已日渐模糊
张开在岁月枝头
定格在视野中，没有轻重

东风手摸山野开出的李花
凋不凋零，都高不出一朵云
靠近天空

就算内心萌动，也真的萌动
不敢像青荷一样举高自己
去陈述一个脱俗的灵魂

仰视太高，只好俯身一株野草
攀缘，早没有凌霄花的热情
平静的水面，西风
正在荡漾，半生的年轮

傲骨扭曲的梅枝，早就成形
冰天雪地中，含苞或开放
都是叹息的语言

爱，生不生动，早与绿叶一起
凋零

不再期盼温寒，来年
看不看见，都是流失的时间

人生

一张新裁的白纸
从流年中走来，从流年中走去
始终无法保持应有的简洁

尺寸之间，岁月轮回
一任风雨涂抹
放大或缩小，早定格了内容

苍天之下，大地之上
也许山河锦绣，莺歌燕舞
也许百转千回，柳暗花明
也许山穷水尽，凄风苦雨
无论丰满或空洞
都留下抹不去的痕迹
回首，已无力再去更改
一道梁，一道水
一道弯，一道辙

站在黄昏的尽头
有没有晚霞，夕阳都是圆满

回望这山这水，那人那物
所有意义，浓缩于这张纸之上
留恋也好，神伤也好
都已经卷起，握在手中的分量
无论轻重，都是人生

向往

去处多了，自然难于抉择
在初夏的清风中
向往秋水素有的澄澈

然而，一切都在生长
阳光，草木，空气，江湖
中年的心，毕竟
追不上年轻的脚步
只能在文字的章回中
开拓我的江山
无论古今，都是我的阵地

秦时的月，汉时的风
江南的雨，塞上的雪
收不住风尘滚滚，铁蹄横流
在一盏灯的微光中
沉醉于文字的世界，运筹帷幄
就算身心俱疲，也要一再攻坚
鸡鸣三遍后，方自鸣金收兵

收获，属于自己的
一方江山

哪怕江山再小，也是自己的
一亩三分

篝火

看见远处的篝火
亲自把黄昏推入黑暗
闪烁的火焰，又温暖夜色

卷曲在夜的角落，历史
并不能证明谁曾离去
也不能证明谁曾来过
一次燃烧构建的盘面
足以推翻某种虚拟假设

城阙华灯初上
靠不靠近，都难于停泊
只能隔着夜色，一再泅渡
无边的沉默

晚风一再拨亮这原野灯花
这最近或最远的火焰
有意无意，一再摆渡星月

在最热闹的地方
一切难以决裂，无论如何
也走不近一堆篝火

还原

沉默的事物，都无须了解真相
譬如一次独行，无须陈述

多年之后，在辽阔中收缩
不再漫射一片黄叶飘零，在笔下
比兴
不再发散一朵花开，去捕捉
若有若无的灵感
只在一片辽阔中还原事物本身

譬如一股清风，只是气流轻淡
一场白雪，只因气温寒冷

站在世俗中，惊觉于时间流逝
只因走不出自己
因此无所逃遁，无所皈依

风景，都是世俗的藩篱
领不领略，只缘于一次独行
能不能找到，返回的路径

归途

日子的触须依旧张力十足
行走的脚步亦一直在书写着故事
就算读者有限，创作的欲望
不曾消停，也无法消停

日月依旧无私，总像翻开的字典
山水、小楼、鸟鸣都在其中
被——注释
花草、树木、蝶飞亦在其里
被——引申
而我，并无二致，在尺寸之间
一样被注释抑或引申

世上的事物纵使无比开阔
寸心之间，一样能装下
譬如日月，天地，光阴
所有注释或引申，都是画蛇添足

天空之下，大地之上
爱同样博大，目力所及

看得见天上的星辰，地下的蝼蚁
此刻，站在时光的凹地
只能浸渍自己的小楼
温暖庭前的花草树木
沐浴眼前的蝶飞鸟鸣

爱太多，只取一瓢
温暖日子，温暖晨昏

公路

争先恐后，相向而行
无法统计这车流数量

知道世界很大，不知道到底多大
你的抵达就是别人的出发

天空并不急于变幻，一再审视
来去的意义，一条纤绳
捆绑着生命，各自疾行

从不相信山水相逢
不得不相信，相逢山水
在偌大的世界，奔跑
跑不出自己的宿命

第二章

斟满岁月的
苍茫

抱住日月的旋转，廓宽一盏灯照亮的
光明，在徘徊的街头驻足，捕捉转瞬即逝
的黎明，让久有的沉淀，经略一片宁静，
放生沉寂的灵魂，在独有的高地，拔高无
边的行程……

蝴蝶谷

是不是一只蝴蝶，飞抵谷中
竟然无法飞出群峰

投向谷中安静的光线
难于触及，不想触及
仿佛一些来自方外的语言
直抵内心，无须呼应

水波微动，分行了谁的文字
亘古之后，沉淀了一湖幽绿
画舫仍在，载不动几点鸟声

汩汩流水从何穿越，送来
大自然的经声，众神
是否早就化作几只蝴蝶飞来
在清风中继续参悟
期待再次破茧，脱胎
另一个旅程

茶花开了

小寒时节，岭南仍在熟睡
茶花像是一种梦呓，有意无意
透露在某个角落

不知道茶花是不是一种语言
或向人世的寒流释放温暖
或向苍天的空洞表达内容
在北风固有的领地，一切陈述
难免苍白

好在阳光并未冬眠，匍匐之后
如期苏醒，见证茶花
一如春蕾，打破缄默，提前
向春天发出邀约

这个时候，并不期待东风来临
去割裂一个约定俗成的季节
苍茫的尘世，无须他人的丰满
装饰自己的时间

秋雨天

雨，徐徐疾疾
已下了一整天

站在城市中央
无从知道这场入秋的雨
为何而来，为何而去

爱早就直白
一如这南方的绿，洗与不洗
都已深郁

无边的雨幕，如此湿漉
所有表达，都非需要的陈述
就算风一再吹动雨丝
也叩不开早就平静的内心

站在秋天
淅淅沥沥的雨，何须缄默
无论如何，已难于抵达
一个人，经久沉默

白鹭

写了一次又一次
还是忍不住再写一次

有很多比喻，有很多象征
都非需要的陈述

人类的语言过于平庸
难于支撑事物的开阔
绿水青山习惯直抒胸臆
云烟囊括了应有的含蓄

站在山水之上，白鹭徐飞
一如最圣洁的文字
脱胎于天地之间，任由清风
日日朗读
毋论陌生抑或熟稔
不是母语，却有母语的温暖

阳光之下，一切无须赘述
在入世的徘徊中，找到
出世的温度

初秋

站在原野，四周群山起伏
把我围在了中央
放逐的眼光无法追寻
山外之山已知或未知的时光

当秋风又挤进了原野，一条小河
已足够我抒情，足够我流淌
正如这篱笆墙里的日子
任由小河漂洗，变成发白的模样

麻雀搬不动田园
更搬不动秋色些微的黄
正如这日子的成色，还无法收割
悬挂在枝头，摇落几抹阳光

湖

一个湖，不大也不小
在原野深处，是孤立也不孤立
把整个秋天平静地浓缩

这个时候，秋天不需要描述
每一句都有叶黄的味道
每一字都有西风的粗糙
湖水沉淀了人世间太多的物语
几道微澜已足够陈述
像大海在心中，只流出几滴泪

还有什么好说呢，这个湖
正是这片原野生动起来的眼眸
饱含了你我所有心事
秋天，你我无须兀自荡漾

香蕉林

收割成为过去，轮回既是新生
一片香蕉林又生长在旧茬上
让秋天，闪烁不一样的光芒

秋风引领着一棵棵香蕉树
肃立在原野上，像虔诚的信徒
高揖硕叶，叩谢天恩

阳光下，多想加入其中
用尽半生力气，竟挣不开流年
只能遥遥注目，依依不舍
继续一次旅行

打开

打开一片沧海，是以前没有的感觉
不因写烂的波涛，不因写烂的鸥鸟
在我的视野里，一切都已经变小

打开一片天空，天空略显沉重
这是在秋天啊，艳阳下
流云轻淡，飞鸟轻盈
却好似一首歌，抓不到灵魂

打开一片原野，庄稼还未完全成熟
秋风一再掂量秋实下垂的分量
在时光开始泛黄的时候，有意掂量
这熟悉或陌生的山河，是否
举足轻重

其实，需要说明的还有很多
我只是简单地打开秋天一扇窗
秋天，反倒轻易打开我一扇门

窗外

一切已无法追寻
阳光嫁接的雨丝早就滑落
放牧的云彩也已消失
无法再用情丝穿缀红叶
雪花，轻易淹没了
青春的木门

这个时候，更像一只候鸟
把一缕香烟放大为炊烟
把一盏清茶放大为人情
把一阵清风放大为寒暖
把一片流云放大为阴晴

窗外，秋水如止
收纳了人间
站着的心，再无波澜

落叶

阳光不再饱满
洒落在林荫道上，风情有限
一片落叶在这时飘下
仿佛一寸光阴，兀自剥落

秋天，已无须交代
停顿在停顿的湖面
内心的含蓄，无法扬波
再去打湿千古江山

风雨剪辑的日子，早就风干
撰写的意义，一如落叶
堆高地平线

秋天太过辽阔，无力收束
一任西风炮制几尺寒凉
斟满无边的空旷

秋 日

有些事物，总是过早曝光
如这阳光，习惯在秋日登高
提前公开藏匿云端的秘密

是谁缺乏足够热情
让绿水青山构筑不起秋色
就算秋风辽阔，也真的辽阔
一颗心难于逾越某种底色

这郁郁苍苍的世界
得天独厚，凸呈在江山之上
秋风接管不了岭南

既然秋天缺乏仪式
只能在臆想中，赋予斑斓
于内心深处，留白一方天空
让一只鹰，方便抵达

秋夜

月光的流纱笼罩着忧伤
把新鲜的夜，注满苍凉

危楼孤立在原野上
正如我孤立在夜的角落
努力炮制无边的沉默

并非有意割据夜色
用直白去感动稀疏的星辰
野火已然熄灭，思绪
收束不了下垂的月色

秋虫吹起不老岁月的笙箫
止不住行走江湖的心跳
无法轻淡的枯黄
只属于我一个人的苍凉

黄昏

不想触摸这夏日最柔软的部分
有意无意去放大悲情

无法领会几片云霞，横呈西天
像天空的经幡，动或不动
都在为夕阳超度亡灵

清风不是信徒，老或不老
从来未曾忏悔，只随几只飞鸟
点燃大地的烟火，陈设在黄昏

远山抓不住黄昏的衣角
逐渐被黑暗活埋
凭借最后的力气，举高月光
这远山的魂魄，一如回光返照

并不怀疑一个日子已经熄灭
无须再去打捞一个陈迹
在夜色苍凉中
一次归巢，一次告别

苍山之上

苍山横呈，东边拱起黎明
西边迎接黄昏
几只鸟凌空于山顶，轻易推开
日出日落的时空

阳光之下，都是无可改变的轮回
就算雨水滋润，青山返绿
也长不高山的高度
就算冰雪相侵，青山衰老
也弯不了山的腰身

世界本已定格，又无法定格
只因多了一道可有可无的红尘
行走在熙熙攘攘的人流中
无力抵挡一簇簇放向世俗的暗箭
众生都是似是而非的靶心

时光本就匆匆，从不刻舟求剑
站在苍山之上，清不清醒
弯弓，射不落几声鸟鸣

雨后

一切陈述早就停顿
散漫于雨后的光阴

一再专注的世界
一道彩虹放大的画面
让空旷无法空旷
苍茫无法苍茫

雨水冲刷过的关山
找不到突围红尘的路径
只能遥望，几只飞鸟
拉高一方田园

阳光抽嫩的几丝新鲜
放大或缩小，无须抒情
匍匐在另一个角落
任由清风，编撰
一瞬心情

初冬

红叶委顿的时候
日子并未完全发酵
就在时光枝头被无情撕去

在西风的围城中
内心的眷恋无法轻易陈述
一任征鸿掠走炊烟
让一首诗最初的氤氲
凋零成最后的孤独

霜风无处不在
拉高旷世的苍凉
把黄昏抛弃在原野上
而目光，总在停留中停滞
饱含无尽的忧伤

回首，大地已缺乏想象
在一只鹰的盘旋中
看见，尘世无边的苍茫

冬日

岭南的初冬究竟藏下了什么
一如既往的大腹便便，行走缓慢
怎么也迈不过冬天的坎

早就骨质疏松的阳光
懒洋洋地踱着方步
行走在大地上，憨态可掬
此时，与阳光同行
保持一分平和，一分安宁
以最大的幸福与世无争
以最大的快乐温暖他人

大地也已皮肤松弛下垂
已无春的粉嫩，夏的水灵，秋的光泽
经历之后放松的沉静
在入定时看见佛的慈航

虚晃的风打个照面就走了
来也无由，去也无由
只有众生的脚步聚也匆匆，散也匆匆

此刻，池水收不住涟漪

与某种心情，相近也相远

一再荡漾，北风抓不住的语言

黄昏呼唤一场雪

当北风打开岭南季节之门
多想在这个狭小黄昏，呼唤，一场雪
一场大雪，纷纷扬扬堵塞家门
既然天地太小，就让它小到
只剩一个家，安顿余生

其实并非真喜欢雪，这北风风干的盐
味道太轻，仿佛一次梦醒

只希望一场雪带来寒冷，封锁一个人
以雪的白，雪的淡，淡化一颗心
在天黑时，能睡得安稳

这个黄昏，北风关不严俗世的大门
无法封闭一个世界，一个灵魂

喧嚣中，一场雪，不知能否认清门牌
满足一次等待，如期来临

湖边独行

一股寒流从西伯利亚快递过来
降服这南方的小城
天色阴沉，真是冷到头了

人们在户外和阳光一起消失
枝叶摇摆，有意无意向北风致谢
感遇不杀之恩

这大江南北仅存的生机
像一把闪着寒光的利刃，直接地
削落一段光阴，囤积在湖中
让寒冷愈加寒冷

当水波像年轮一样渐次消失
站着的心，无法再向自己交代
冷却了多少光阴

隆冬夜

既然上天的心情已然变冷
月光就为夜抹上一层冰凉清灰
就像一个眼神，拒绝人间

这个时候，斗室的灯光
无法打动寒夜的寒
泡一壶热茶，品味一次无眠
泅渡半尴不尬的人生

点燃一支烟，等待北风
吹落一地黄叶，掩盖一次旅行
找不到抵达的路径

微信，这粗长的扁担
挑不起人间冷暖
任满月这木讷挑夫，无功而返

此刻，不用再与谁交谈
只与两三残存星斗，相对无声

停泊

当握向阳光的手，略显迟钝
看见世界安宁如清风
草木容光焕发，鸟声，听与不听
都瘫痪了光阴

知道一切来之不易

慵懒正是生活抵达的某种高度

一池清水囤积风云
丰枯沉淀的结果，无非日子

一切荡漾之后
不得不承认，命运嫁接的宿命
无谓阴晴

第三章

执着光阴的
温暖

悸动于平凡的日子，是否吻合某种

假设的内心，总有意无意站在流年之中，

感受岁月或有或无的体温，把生命的等待

一一预热，呈放在张开的天空，不管熟稔

或陌生，都是一次独特的归程……

苍山

苍山起伏，拱起大地的脊梁
植被禁锢了雄性的野性
兀自在宿命的世界中浮沉

挥毫一天的夕阳，像落款的印戳
定格了意味深长的黄昏
线条，愈发清晰，勾勒苍山
一再收束，拘禁于内心
未曾澎湃的涛声

飞鸟，多像打印在天空的铅字
无法独自抒情，只能作为少许旁白
去陈述，几十里苍山的沉默
流水掀不起波澜，只能枕着苍山
遥想，风云激荡的光阴，比肩
大海波澜壮阔的雄浑

云彩凝固，沉溺于亘古的梦
扬花也好，结实也好
都只是一叶穿越的方舟

在旭日东升时，着意登陆
世俗左右的时空，念和想
仅在转瞬之间，捕捉了梦的葱茏

在华农大

缅怀一段旅程，不如再次投入
华农大的几天中，再次看见
岁月的背影

行走于湖畔，浓荫下的深情
源于曾经盛开的青春
匍匐在睡莲上，举高一朵花蕊
试探岁月

也许铺陈太过冗长，总走不出
林荫道定义的时光
在浸漫书香的盛夏，听不见
当年箴言斥地的声响，碰撞
半生，高于青春的向往

不经意就在不经意间邂逅
不在意就在不在意中遗忘
在校园的清风中，转身
再次告别，梦投入湖水的声响

江边向晚

又一次走近晚风
被剪辑的向晚一如日子被剪辑
格外清晰

繁华的沿江大道
守候经年高大的法国梧桐
早就省略了眼前的省略
抖落几片黄叶，摇曳一丛绿叶
以独有的方式，问安
一片轻闲的云

来或去，车水马龙
都在推高霓虹闪烁的理由
证明一次抵达，包含的内容

此刻，一切已无须多言
顺流也好，逆流也罢，最想
化身一叶白帆
突围一个黄昏，迎接一个黎明

河堤漫步

重云挤压苍山
一股清凉斟满整个黄昏

无边的葳蕤，一再占据盛夏
长堤，有了读不完的内容
不因为河水脉脉，汀草茵茵
这飞鸟一再叩问的江天
无人能收割清风的深情
只能敞开胸怀，迎接
光阴的厚爱，葱茏一颗心灵
不再忐忑，轻易看见
孤独不再孤独的远方
遥远不再遥远

在渐去的人潮中，伸手抚摸
彳亍半生的旅程，是否
已经柳暗花明

夏雨

时光柔软也好，粗粝也好
都无法打消与这场雨的固有相遇

不可否认，一颗心
在一切疯长的六月，无法停顿
只能婆娑，只能葳蕤
一再拔节岁月，不辜负
这场滂沱大雨的畅快淋漓
让岁月不在委顿中打结

相信这场雨之后
清风就能奉送一脉荷花的清香
推动一颗心，迎合时光
在一只鹧鸪的高叫声中，拾起
一股清凉，安顿时光
停泊在应有的地平线上

一渠清水

这乡野，知不知名并不重要
看见一渠清水，就抵达了自然

入冬的阳光如此纯粹，温暖中
一渠清水，清澈得扣人心弦
一如最初的圣洁，闪动最后的光辉

仍未收割的田野，稻穗任风抚慰
新寒，被飞燕剪碎在某个角落
堆成一座同样不知名的远山
既有的夙愿，安置一身风尘

蓝天，这个时候最不可或缺
从未如此深远，在行走的刹那
一旦触及，就还原开始时的新鲜

浮云不再游走，广袤的虚空
不断抬高这乡野，仿佛一颗心
无法走远，定格在
一渠清水推高的田园

入山

不得不折服大自然的轮回
让每一根神经都轻易被拿捏

深入大山，就算一切并未凋零
冬天，不用触摸，就能感觉

枯枝把寂静挑在空中，无法把握
就算跌落，一经枯草摇晃
冬天就更加深刻

山路，一条走向衰老的捷径
在阴沉的天空下，一再迭起鸦鸣
仿佛敲响的丧钟，不断回荡
大山，这大自然独有的坟冢
正在冬天，埋葬一个轮回

多么期望，有一股春风吹度
让大山再生动一次，像几块屏风
拉开万紫千红

季节之外

无法登上高原，放飞一朵云的风筝
摆脱惯有的束缚，释放一种心情

阳光总在岁月的广场点燃礼花
照亮高楼林立的世界
却照不见某个角落的一颗心，独自
徘徊于车水马龙之外

肥硕的木棉花在街边举着春风
增添了嘈杂世界的热闹
冷眼旁观的一颗心，愈加孤独

诗句无法集齐季节肤浅的象征
站在一池不起眼的春水旁边
一再反映各种喻体的虚实
就在低处沉淀，蒸发，上升
以自身的纯粹，去拥抱更纯粹的云

打开春天

一场东风，并不陌生
扑面的温暖，放大了世界
看见一场久已含苞的期许
正在两三枝头，悄悄打开

春天并非陌生，历经凋零之后
几朵新桃的成色，驻足不驻足
都已经灿烂

在东风的背面，站着的心
习惯在匍匐中抽薪，仿佛一株野草
不管阳光是否足够温暖
总要破土卑微的生机
让苍白的大地，不再沉寂

山河之上，莺燕之下，跳动的心
把古老的轮回，托举在人间

深山

今日，深山并无太多内容
藏匿的阳光太过沉默
一如历经岁月漂白的内心

山路蜿蜒，秘而不宣
不管怎么走，只有走向山顶
才能大白于天下

树木掩映，花草扶疏
像亘古不变的浮世，张不张开
都入木三分

山风就像游走在山外的灵魂
在深山的云里雾里，方寸尽失
撞碎几处鸟声，无法回响
像停留在山外的呐喊，总是失眠

深山已无须攀登，此生他生
已无法写生
仿佛走过的世路，摸不着顶

桃花

我爱春天始于几盏桃花
蛰伏一冬的想象经阳光温暖后
用枯枝挑出在同样温暖的风中
先于生命的年轮盛开，预热
另一次旅行

对于生命的本质并无太多感知
只在眼见为实的季节中，珍惜
不管老套与否，足以触摸灵魂
在虚与实的世界里，保持体温

时间或者刚刚开始
野草也许还未抵达
看得见的衰败，败给几盏桃花
这素雅的嫣红，仿佛几句誓言
破土而出
铆足的力量，足以征服春天

几盏桃花，有意无意
就把我领进流年重启的门槛

收缩

随着东风又开始点读大地
一朵新花，一株嫩草的温暖
让辽阔不再辽阔，空旷不再空旷

站着，无须交代一寸阳光的重
站着，无须交代一片浮云的轻
就算蜂蝶一再含蓄
柳枝写不完春水的回文
轻寒之中，谁能用更新鲜的意象
叩开一颗心扉，打动一个人

心，早就从辽阔走向辽阔
情，早就从空旷走向空旷
一朵新花，一株嫩草，停不停泊
都抬高一个春天

闲居

停顿于小桥流水
习惯了日子的风情
在阳光如织的时候
掰不开内心暗生的孤独

青山一再返绿
仿佛重读一封情书
依旧让人怦然心动
感受凡尘日积月累的体温

山外之山继续萌芽时光
无法织出一张网，打捞晨昏
在云淡月白时，合奏清风

当山鹰一次次盘旋
选择也只能适可而止
在欲说还休的轮回中
俯冲，已经缺乏应有的热情

走不出这光阴的栅栏

徘徊，源于对岁月

不老的深情

雨中

一再推敲对事物的认知
正如这场模糊的雨
摸不到棱角，触不及心灵
在时空中兀自表达

空空荡荡的广场上
一棵古老榕树，站在雨中
任由北风织出冬天的味道
这老天赐诸的心情并非温暖
擎举风雨的愿望，不为别人
只愿作为一棵树的普通
虬须下探，触摸大地的体温

站在雨中，并不孤独
岁月的纹路早就让人清晰
一再阐述，生命的肌理
这个时候，最想站成一棵树
摒弃内心的苍老
在大地胸膛上，与这树一起
站出应有的从容

寒夜

夜的子宫一再发育，大腹便便
孕育着灯光的胚胎
幽暗也好，雪亮也好，都多了一次心跳

这是一个怎样的生命，不在白天胎动
却在漆黑中发育，已非某个喻体
譬如写烂的梅花，写烂的雪莲花，轻易
可以比喻

风的脐带一再输送夜的血液，一场雨
养育一个脆弱的生命
初生的天真，蹲坐于寒流的某个角落
寻找另一个生命，彻夜长谈

明显的事物已无须多虑，隐藏的真相
只能于暗处观察，在无人抵达的寒夜
用一颗心去丈量，就算卑微
也要分娩真相，让脆弱的生命
看见诞生之后动人的光明

水库

一道坝拦截了一段峡谷
如利刃削断了尘缘
从此，忘川蓄满了流年
光阴不再一泄而空
任波澜不断荡漾晨昏

青山垂拱
野鹤有了停靠的据点
回声，愈益清脆和空灵
一颗心，无谓远近
只与青山一起，就此打坐
目送清风，垂钓阴晴
期待，一道波光乍现
把遁世的沉默，和盘托出

此刻，阳光一再突出
有意无意，泄露了心情
正如我的祷告，传来福音

避雷针

站在万家灯火之上
游离在日子之外

锋芒毕露，写不生云霞
居高临下，冲不破孤独
宿命的等待，在被遗忘的瞬间
轻易收服雷霆

生命从未枯萎，像字典里的字
坚守阵地，一旦被打捞
构筑在某一首诗的灿烂里
不可或缺
在岁月的册页中，无须钩沉
始终拥有，站立的位置

在海边

站在海边
当海涛每一次卷起潮流的诗行
都会断然搁笔
一个人的诗行太过渺小
总在窄小内心荡起几寸涟漪

无法读懂海的诗意
内心装不下海的辽阔与雄浑

既然无法读懂大海
就让一个人化身一朵浪花
像一个文字植入海的诗行
以一个人，一个文字的力量
让蔚蓝更加蔚蓝，壮阔更加壮阔

在海的律动中，联袂阵阵海风
卷起无边巨浪，抒情更大的抒情

海礁之上

天空并不明朗
海水一再冲击海礁
不可否认一个海礁的力量
扛起一片大海
就像这轮月光，击沉黑暗

相信世界的每一个细节
都有独立支撑的意义
一再揭示事物存在的真相

站在海礁之上，并不惧怕
与黎明还有一段距离
就像一再独立行走的江湖
虽然人心如海，只要站着
风景都将如期而来

涛声拱起的海面，海风
一再拭亮内心
在黎明之前，发出一道光

插在礁石之上，扯出
旭日，揭开一切真相

海鸥

生存，本就意义重大
一只海鸥，沉浸在风浪中
风景，不再纯粹

拔高事物，往往并非明智
有关虚与实的辛酸
无关虚与实的浪漫

海鸥，天空的飞刀
频频投入波涛
瞬间的切换，无须表达
就像一个人，不经意
投入风高浪急的人间

不再在意，也无须在意
潮起潮落间，能否保持
与大海应有的距离

椰风

一阵椰风，遥不遥远
都是沉默
让夏天沉默，沙滩沉默
只有一颗心，牵连大海
把波涛熄灭

泡浸着浅浅的海水
任阳光普度，心之外
已无一物
只有椰风吹拂
让沉默愈加沉默
像一座远离尘嚣的山峰
忽略一切

第四章

抚摸返青的
流年

荡漾于内心的宽阔，把盏温暖生命
的光辉，年月从未陈旧，萌动于旷世的温
柔，不断浸渍一往情深的人间，划过的痕
迹无法抹去，依旧抖动着动人的波纹，牵
连前行的路程……

在湖边

站在熟悉的湖边，秋水无痕
一切早就开阔，一切早就明朗

青峰依旧虔诚打坐，默诵
天幕上白云作字的经文
面对这人世间最纯粹的经卷
领不领悟，都已入禅

其实，我更愿相信
青峰只是一个清洁工
拿着白云一再擦拭天空
可是白者愈白，蓝者愈蓝
有悖于世俗的逻辑

这个时候，寻思再无意义
顿悟或许才有所得

青峰参透的世界，我们只配旁观
就像这宁静的湖面
囫囵吞枣般倒影天地

这失重的人间，只一阵轻风就破碎
让一切真相，瞬间失真

参禅既无意义，悟道也非本心
湖面泛起粼粼波光
就像闪亮的灵魂，叩问荡漾的内心

岭南之南

在岭南之南，想向秋天要一个说辞
不是一片枯叶飘落，不是一簇金菊浓香
在黄昏初张的时候，于青山绿水间
偶然相逢，一只或几只白鹭
徐飞或起落，仿佛神的使者
带着出世的高洁，降临人间

这个时候，清风最意味深长
不去邮寄枯黄，不去馈送菊香
只让秋水含波，只为青山修辞
与浮云承接，推高天空，推高人间

并不担心眼前的景象稍纵即逝
依偎着夕阳，与世无争
把简洁或复杂的事物变得温暖
让一切挣扎轻易停泊
像这山水间徐飞或起落的白鹭
停顿流年

荷池暮色

无可奉告内心的宁静

掩饰一些事物曾经热烈来过

一池秋水，莲蓬丰硕

高高擎起，虔诚叩首，周礼天下

所谓败叶，结局早就清晰

得失无须注脚

应有的高洁，不在夕阳中谢幕

凭借这黄昏最后的微光

——点燃莲盏，摇曳在清风中

恍若隔世的光明，蜻蜓点水般简洁

让所有藕断丝连的纠结，轻易沦陷

抓不住主旨的清风并未冲动

扯着黄昏的衣角，悄然滑落夜色

所有坐莲的心事，圆满如明月

秋雨中

习惯了秋天的气息，熟悉了大地的物语
得天独厚也好，不合时宜也罢
在秋雨来临时，看不见一丝秋意

秋雨中，那些高擎的事物
湿漉漉地挂在枝头，依旧光鲜
徘徊在时光中不愿老去

在这个时候，能说什么呢
站在秋天的门口，打不开秋天的门

无法抵达某种预期的熟稔
只能躲在斗室中，望穿秋水
与不老的诗歌一起，荡漾自己的荡漾

在岭南，不知道岁月蕴含的意义
秋或者真的还没来临
只是一场雨拔节了季节，把今日的葳蕤
以文字的方式，敲打成秋天的主题

那一年

从不轻易用文字回忆
像一张经时间漂洗的脸
怎么也回不到从前

那一年，年轻的心浸满阳光
点缀在紫荆花枝头上
一开再开，注定无法含蓄
在幽深的林荫道上
插上一张青春的书签

转身并不遥远，含苞的热情
有盛开就会有飘零
一往情深的风，吹不吹过
都已写满内容

告别已无足轻重
时光的摄像机本就匆匆
匆匆的你，匆匆的我
停不停留，那一年
都曾经被打动

海边

海水，一再冲击海礁
归位的黄昏，抵挡不住一次
退潮

天空像一张苍白的宣纸
在天边落款云霞，不失时机
还盖上夕阳这枚印章
留下最后的直白和含蓄
仿佛一次邂逅，没有内容
留下经年的悸动

相信内心，早流出另一片海
在同一地平线上，绝非
一只海鸟，终日啄食
零碎的光阴
而是一个渔夫，撒网打捞
海风吹散的青春

渔火，若隐若现
又再拉近大海，港湾

停不停泊，在另一片海上
同样支起一个黄昏

初会

一条溪，不知是否还在流淌
离开之后，再没来过
一如曾经流过的时光

堤上蔓生的青草，荣枯了几次
能否记取，依偎而坐的体温
与阳光一样温暖过那个季节

白鸭还在戏水吗
是否还记得含羞的表情
荡漾在水里，相映成趣

唱机流出的音乐，还在飘荡吗
流水有没有把它复制，缓存
在一阵风里

记忆，不在时光中老去
就在时光中铭记
无法忘却那最初的清澈

深秋

玉兰花开的时候
来了，反把一颗心带走
玉兰花谢的时候
走了，又把一颗心带回

抹不去深藏眼底的温柔
挥不走饱蘸深情的甜蜜
在清晰的世界里，梦着梦的梦
正如在这秋日的清风中，期待
一股春风，吹暖一树花红

旧信笺仍在
无法再去记录，片语只言
一如这西风吹过梧桐
所有语言都已陈旧
所有词汇都已凋零

就算阳光温暖，也真的温暖
一颗心，从未枯萎
无论如何，也拾不起一片落黄

小路

那条小路毕竟悠长
在我身后，你的脚步
有没有走入阳光

不知你何时而来
不知你何时尾随
蓦然回首时，在零落的人流中
仿佛一股春风，相拥入怀
瞬间的温暖，凝固了整个世界

一切就算偶然
一切就算必然
在那个寒冷的季节，宁愿相信
是你的心，投进了我的海
至今仍有不息的波澜

不知道未来何来
只知道在我的世界里
自那之后，重逢或邂逅的温柔
至今都没有走开

端午

一再审视这端午
发酵的盛夏被一场雨冷藏
龙舟，香粽，艾蒿，屈大夫
都被发配到远方
一如喧嚣的世界把我冷藏

在阴凉徘徊的庭院
并不期许清风泛滥
并不倾情鸟声晶莹
最好的安顿，折叠几方葳蕤
包裹几寸光阴，等待
一阵秋风乍起
风干不紧不慢的流年
让应有的苍凉，独自陈述
还未抵达的地方

呼唤

投入一声——母亲
河水已溅不起浪花
就算又再溅起
都是别人的抒情

记忆的天窗一旦打开
冰封的情愫就不断融化
汇成一条渐宽的河
把逝去的日子串缀在两岸
旖旎也好，黯淡也罢
都不知流向何方

不敢想象，也不愿想象
这条河，于何方流入汪洋
在无边的浩瀚中
我投入的呼唤，能否
激起应有的波涛

早晨

一早起来
习惯思考的阳光，停止了思考
与清澈的天空一样单纯

此刻，最想，亲吻
一个初生的纯真
像一片放空的风，没有任何内容

这是在岭南啊，秋天正凭着
最后的力气，把略带苍老的绿
努力推高，去陈述一次旅行

端坐在世界，内心无法容纳
这大地涂抹的表情
只能以最简单的方式，把心悬空
忽略秋水荡漾的一切
比如鸟声，比如蝉鸣
以无知无畏无惧的勇气
去胎生另一个秋天

在同样的天空下
诞生一个概念，斑斓一次收成

在暮春

阳光抱紧暮春的山色
几簇山花，泄露了粉红情话
露骨地荡漾在风中
惊动一片黄叶，含羞地
从枝头滑落，仿佛一枚
青山派往隔世的卡片
在春天写着秋天的方言

此刻，并无心思去倾听
鹧鸪一再翻译太多的情话
还未流落的心，或深或浅
触摸到流年含蓄的齿轮

在暮春，山色无须交代
就像今日的诗句一样青葱
而我，既在其中又在其外
用春天的方言，返青
一个秋天

看海

无法判断海的年轻与老迈
转身的时候，一再交代夕阳
要在海的另一头回来

留在沙滩杂乱的脚印
被潮水轻易抹平，来没来过
都被淹没

海鸟一掠而过
把一条鱼从海中硬生生拔起
看见，生命捕食了生命

此刻，相信夕阳
还会在海的另一头回来
在腥咸的海风中
隐若听见内心澎湃的涛声

在海边，日子不老
就在潮起潮落之间

唯一情诗

日出时，站在海边
总想对大海赋予一重新意
表达对爱情的定义
但我不能，大海就是唯一情诗

人间舀不完爱情的诗意
一如这舀不完的浩瀚海水
汹涌也好，澎湃也好
律动的心从未停止

人间读不完爱情的诗意
一如这读不完的起伏海面
温柔也好，粗犷也好
盛大并无二致
海鸥能理解，这最忠实的信徒
从未选择离开

人间写不完爱情的篇章
一如这写不完的古老波涛
泼写在沙滩上，镂刻在礁石上

不管你是否读懂
每天都胎生新的内容

日落时，看见黄昏的云霞
旖旎在天边，多像大海情诗中
最华丽的诗句，被长天摘录
如我今天的心情，一任
潮汐退去

月夜

很少动情了，不想让感情过于廉价
就像今夜的风，在月色下
一如既往的轻

丑夜之夜，扶着夜色渐次的凉
如一盏零落的星，在饱满的天空上
不得不忧伤

月光，未满还满，多像一个人
站在岁月的跑道上
孤独地接受阴晴圆缺
唯有自己知道，寒来暑往

一如今夜多情的风，无法
将月光打动，让世界
再多一次可有可无的动容

一场雨

走过了多少个五月
从未曾停留
就像这场雨，来没来过
山亦葳蕤，水亦葳蕤
五月，从未为谁停留

情怀源于瞬间的触动
触动源于瞬间的情怀

一场雨，不下也下了
下在五月，下在山河之上
岁月生长，山河生长
不管心不心动，都增加了
岁月的重量

这个时候，看见蜻蜓点水
一如自己点过时光

尖山

或者是居处海拔太低
每登一次尖山，心就平静一次

身凌绝顶，远近一览无遗
云在山腰婆娑，雾在峡谷氤氲
毫无遮拦的阳光无所偏心
把温情的风塞进怀中，背在行囊
拔地而起的心，没有飞翔
已然飞翔

俗世无边的支支暗箭
仍插在皮囊上，无法拔去
隐藏的心，早绽放于尖山之巅

影

一路走来，双肩柔弱
不停地挑起日子

从不质疑一树纤枝撑起风雨
从不怀疑一只蝼蚁支起晨昏
从不追逐潮起时浪花的壮美
从不忽略潮落时浪花的黯淡
以至于总无法在时光的往返中
脱胎换骨

不想揭短尘世的隐私
窥伺方便抵达的捷径
就像竖立在时光中的日晷
周而复始，只在自己周围
留下或长或短的影

水莲蕉

清风，总能推高一个黄昏
就算重云待解，依旧
把西江串缀在风景中

熟稔的西江堤下，一片开阔
把仲夏的温柔收入囊中
不在乎林木掩映，湿地葱茏
只在乎水洼地里的水莲蕉
举着紫色的花串，各自从容

半开半合的蕉叶
于转瞬间收紧或放松黄昏
素有的恬淡，一如花朵含张
把暗香浮动于若有若无的梦
转身，并无太多牵挂
宁静的心只与一行垂柳对话

而爱，不再是一种沉默
诚如簇立在黄昏的水莲蕉
含蓄地开着，无须任何表达

时钟

无法把内心交给你
你的旅途不是我的归程

你一再把日子剪碎，归零
我一再把日子串缀，更新

你触摸的世界黑白分明
我触摸的人间风雨兼程

迈过无数岁月的跨栏
坦然于既有的宿命
不再徘徊跋涉的旅途
安守一方属于自己的宁静

周而复始中
我，挣不脱你的轴心
你，剪不断我的晨昏

第五章

迈出时光的荒凉

无意于过度解读生命的意义，再去打捞残存的记忆，演绎一首歌的神奇，在转身的刹那，翻开一页黎明，再次审视，流年包含的逻辑，在若有若无中获得，在似是而非中顿悟，感受别有洞天的历程……

孤山之上

沉睡于时光的温床
总想用内心的简洁面对荡漾

站在孤山之巅
无法穿越世俗的黑暗
只有一颗心相信黎明的曙光
揭开风云暗举的真相

伸出的手已抓不住一颗星星
温暖这高处不胜的寒凉
只能期待，抓牢一缕晨曦
划破这亘古未愈的黑暗
让已知或未知的空旷，治疗
渐次局促的世界，敞开一扇
出入人间的大门

朝阳如轮，满血重生
每一道晨光都是天地琴弦
朝霞浪拨的曲调，冲开

禁闭玄门，一切已无须含蓄
一切已无须直白

红尘依旧执着荡漾
我已站在孤山之上，俯视
足够宽广

阴天

雨，并没有如期落下
浓云依旧掩盖着城市天空
像一场蓄谋已久的梦
无从分娩

蛰伏经年的想象
与一树黄风铃同时开着
沉默构建的世界
似乎开阔，似乎狭小

一池秋水，涟漪泛滥
有限的水面，无论如何
掀不起梦的波涛

光阴不断拔节
岁月无法抽穗
只能抛下一只锚
在停顿中停泊，不再纠结
暗藏的风，有没有内容

向晚

总怀揣一种无可名状的心情
在向晚的时光中彳亍或徘徊
无关落日，无关清风

晚霞斑驳，像天空的经幡
把或远或近的寄托，悬挂在
或高或低的地方
让所有出世或入世的简洁
更加新鲜

在这白天黑夜的拐弯处
期待，一只飞鸟
于这个时候宁静，转身的瞬间
让一切苍凉，不再苍凉
像一只逆流停泊的帆船
扛起万家灯火，停滞在
某个角落

走不出这白天的白
迈不进这黑夜的黑
超不超脱，都只有一堆篝火

荷塘

不怕直言一场雨过于空洞
泽被于世的愿望被无情忽略

荷叶初擎，遗世的雨珠
无法再涉尘世
只一阵风，就被自己省略

相信，一朵莲花已高出众生
含苞或绽放，无须装点
一切简洁，源于阳光无心

难于忽略某个细节被突出
一只蜻蜓点水，拔高了
三亩荷塘的体温

三亩之外，无法停顿
期待一次驻足，可以温暖
一方人间

五月

时光，静静流逝
流进一望无垠的五月

站在田野上，张开双臂
拥抱这流绿时节，一再膜拜
生机勃发的时空

庄稼依旧是田野的主题
怀揣着殷周，摆渡亘古宁静
飞鸟掠过，扯着秦唐的衣角
翻晒一个瞬间

古老并未发酵，发酵的是
挑不动日子的忧愁
像一渠水浮莲生长在五月
无人问津

当一脉清风在阳光下打结
多像一个人，静止于时间
在光阴里抱不住光阴

四月

一再迁徙，不想就此没入红尘
像今天的云，飘浮不定

田野一角，小麦抽穗，灌浆
将开始流绿的四月，不断撑大
突显在大地之上，无处安放

无可否认，四月再怎么生长
也长不过一颗心
只任几缕同样生长的风，安抚
一颗心，在四月葱茏

在蛙声不断传递的时空
只能听任一场雨，带来清流
涨一池心事，在四月的时光中
写生一次可有可无的梦

深处

匍匐于时光深处
遁世的直白，源于一枚落叶
打通向晚的苍凉

清风抱起夕阳
安放于四月的神座
仅有的虔诚，一再拜谒
光明与黑暗链接的空茫

收束久有的等待，寻觅
一盏灯火撑起的天地，安放
一颗挣扎的灵魂
不至于总在车水马龙中彷徨

素有的期盼，不再膨胀
长久的孤独，不再冰凉
依偎着岁月的篱墙，放牧
几粒星星和月光

午后

以怎样的心情度过这午后呢
在白鹭徐飞的地方，一切如此沉静

一些被流放的事物，譬如
阳光、清风、白云……
反复依偎过来，打点湖水收容
不想一次浪迹或跋涉，无法停留

相信这是一次古老的相逢，不应该
插入任何流行因素，就算陈旧
和亘古的愁忧一样，总要停泊
与一棵棵摇曳的堤树交流，问候

一切如此简单，如此纯粹
不需要任何多余陪衬
哪怕多一只蜻蜓点水，都是
额外的负担
这需要多么强大的内心啊
才能在一个世界中获得另一个世界
栖居一种心情

乡愁

记忆总习惯沉淀，在故乡的渡口
古老最能治愈乡愁

长篙撑过岁月的深幽，撑不走
两岸青山厮守
日出月落间，靠不靠岸
旋涡里，都有唱不完的歌

内心一再蓊郁，像两岸的海螺松
在时光中停泊，任由乌篷船
斟满风雨，来回

多么希望，有一只乌篷船
载着这满天的星辉
奔向故乡的渡口，等待一轮满月
打动半生的沉默

看见

世界似乎已经陈旧
世界似乎已经新鲜
日出月落间，不知为谁陈设人间

含蓄就在含蓄中老去
肤浅就在肤浅中安生
在一朵花上看见春光波动
在一片叶上看见秋色无边
时光抚摸的背影
停滞着不一样的流年

疏于表达的世界
总在经意或不经意间撩拨内心
看见风雨葳蕤后的黄昏
血色夕阳安静抵达
一再出没的人间

西风一再阻击候鸟往返的线路
看见落叶包裹着仅存的炊烟

交给一只山鹰，邮寄到
久违的原野，安顿一个黄昏

泅渡江湖的夙愿，被一尊佛翻新
安放在既有的神座，格外动人
陈旧抑或新鲜的世界
或多或少，多了几分古老的时间

登塔

站在临江之塔上
有种饮马江河之后
扬鞭纵辔的豪迈

长天之下
重峰叠峦郁郁苍苍
生长了多少春秋
白云像旷古的温柔
婆娑在时光深处
既在流逝，也在停留

面对江河雄风
并不想像鸥鸟一样遥想
也不想像轻轮一样抒情
在阳光朗照的时候
只想跃马驰骋
拥抱万里江山
以素有的直白收纳风云

就算华发初上

就算光阴依稀

也要在仅有的方寸之间

铺陈今生几里旖旎

雷阵雨

一场雷阵雨，并非预期
爱也好，恨也好
丰满的表达，足够干脆

当彩虹一再装饰天空
清风无处打结，只能
任由几只飞鸟在阳光下
指点山河

暗藏的夙愿，水涨船高
所谓风云赴会，源于
对一方山河的擎爱

山河之上，一株草木
只要能生长，总会花开
灿不灿烂，都裹挟着
无边的浩瀚，演绎轮回

一场雷阵雨，一旦倾注
毋论爱恨，都是对山河
最矜贵的痴情

秋天

一再想象秋天之于生命的内涵
去理解中年之年隐藏的逻辑

一群鸿雁北来
从一方秋天迁徙到另一方秋天
唯美画面怀胎的心酸
无法分娩

生存沉重，正像一个人
行走不为抵达
只为在饱满中寻找自己的饱满

天空确实广袤，一片浮云
寻不到停靠的据点
大地确实无垠，一只风筝
找不到安顿的营盘

并非有意解剖一个秋天
这个时候，心如止水，容得下
一切挣扎和支撑

在这灿烂的季节

一个世界正在丰满另一个世界

所有的修饰，都非

需要的写生

闲思

仰视春光奢华
俯视日子板结
一切早归于平静

掀开春天的帷幕
在一张纸的直白中，省略
一路的花开鸟鸣，柳绿风清
生长的青葱，一再表达
流年的肤浅，浮云
定义了恰如其分的轻重

再一次启程，阳光平淡
风雨如斯，无须另当别论
心足够宽广，容得下昏晨

熟稔于事物的约定俗成
不得不珍惜，一张纸的简洁
轻淡了一切

旧照片

并不知道未来之来如何来
也不知道过去之去如何去
一张旧照片，早就斑驳
看见风蚀的时光，一一剥落

生活赋予生命太多承重
像一只飞蛾扑火，奋不顾身
投入生存的烈焰
或者，更像一根弹簧
在设定的限度内
毫不犹豫，扛起日子的重量

本不相信运命，当中年已中
回首，光阴才是一把手术刀
解剖了似是而非的人生

站在时间角落里
答案已然清晰，愿与不愿
丰华剥落一地之后
已无谓轻重，只是无法知道

生命的弹力，是否

已经衰减

一棵落叶的树

情感的枝叶，早就被北风扫落
剩下一具骨骸，兀立在原野上
向着萧条的远峰，伸出枝条
为世界篆刻墓志铭

阳光已焐不热枝条上的乌鸦
张口就划破本来的沉寂，吓走
麻雀，像铭文上几个脱落的汉字
撞破了末日的墙壁

始终坚信，一切都只是假象
只要枯木没有倒下，就会在
另一片风景中，写生另一片风景
下一个结论，言之尚早

红杏

再次盛开，不为别的
只为迎着春风出墙而来

也许是前世的约定
也许是来生的安排
在出墙的瞬间
久违的心事，被阳光公开

直白于尘世的陌野
无愧于世俗的目光
在时光那头告别一个流年
在时光这头迎接一个春秋
拒绝停顿于枝头枯萎的宿命
用灿硕芳华等待一次动容

就算蜂蝶有意破译
背负千年，僭越世俗的孟浪
告不告白，都点化一场
别有洞天的春光

去处

天空似乎早就熟稔
大地似乎早就陌生

无法否定一个约定俗成的概念
一如从不行走的佛，出入人间

黄叶定义的季节
无须再去陈述任何恩怨
路，走没走远，都不是
几片云，几只飞鸟
可以轻易延伸

事物一旦陈旧
就无法翻新，淤积于时间深处
不是一朵花可以逆天改命

站在秋的去处，无法
在风中举重若轻
只能等待，几许阳光，照亮内心
与一尊站了千年的佛，交换角落
获取别无所求的人生

黄风铃

阳光打乱了霜降的节奏
唯有一树黄风铃，一再证明
深秋早已抵达南方

一阵风，并不明朗
摇曳着黄风铃，略带微凉
这一树孤立金黄
谁能证实，不是温暖了秋凉

多么希望，如一株黄风铃
挺立在秋风里盛放
像一句诗，求索远方
像一句词，追求风光
以最孤立的力量，支撑
一个人，一颗心，兀立在
高峰之上，告别
几重风霜

在秋天最萧条的时候
放飞一只苍鹰

穿越关山和原野，于最深处

把梦镀上另一层金黄

脱胎一个旅程

立秋

命运定制了飞行的翅膀
一再张开黎明与黄昏

切割风雨的轨迹足够清晰
横亘着曲折的行程

抱紧怀中的霜露，回首
背上盐花勾勒出一片山河
踏不踏足，都是苦涩的歌
嗓音沙哑，无法拉高
唱与不唱，都流不出歌声

岁月总要枯萎，秋的枝头
西风无法将鸟语花香保鲜
收缩的世界，安放不下
一颗尚未收缩的心

立秋，触不到
一朵云的轻盈，只能拾起

一张残破的稿纸，继续写下
自己的姓和名

在春天

看见春天，始于木棉花
擎举在街道上，像万千盏火焰
融化料峭春寒

封冻太久，落叶无法铺陈诗意
相信，这久违的烈焰
一定能带来温暖，萌芽几句诗
结成一个巢，安顿一只候鸟
迁徙的旅程

缄默的世界
更期待真实的寓言，返青
不用东风勾勒，不用阳光写生
以另一种方式，燎原

天空开始放晴
素有的夙愿，在枝头上抽嫩
认证之后，已无须放大或缩小
就算内心一再返潮，也是候鸟
举高春天的信号

第六章

唱响山河的
情歌

怀揣一种素有的情愫，存身于一方
江山的辽阔，深情拥抱岁月赋予的动感，
安顿日积月累的体温，让一种宁静愈加宁
静，一种清晰愈加清晰，解冻深藏于内心
的孤独，封锁长久积累的沉默，扯起一片
孤帆，在晚风中启程……

在长江嶂

写你之前，你是孤独的
是山，没有山的名号
是峰，没有峰的称呼
在辽阔国度上，长江嶂
你与我一样寂寂无闻

此刻，阳光一抬再抬
无私地照耀着盛大江山
长江嶂，也挺直腰杆
以山的含蓄，以峰的直白
高高拉起几声鹧鸪
系在天空的云朵上
仿佛埋葬在嶂上芳草丛中
不起眼的先祖
魂灵突然从我的文字中冒出
以我文字的含蓄，文字的直白
从心中擎起

朝霞不断散去
草木葱郁的几里群山

正如几个笔法老练的方块字

凝重地挺立在大地之上

支起春夏秋冬，支起四面八方

嶂下的子民，能否

迈出长江嶂不老的时光

在琴江边

江水已没以前丰盈
河床也已深陷
仿佛一个干瘪的老人
在夕阳中彳亍村边
已勾不起对从前的念想

但我能不念想么
身心可以随意漂泊
灵魂可以任意浮沉
半生之后，唯一的深刻
就是少时的单纯
一如眼前的琴江
深勒在故乡的土地上

一切熟稔早就陌生
古井，矮屋，炊烟
流水，沙滩，风筝
已埋在旧日的坟场上
只能捧起一抔泥土
紧紧贴在胸口，焐热之后

虔诚地撒向琴江

多么希望这抔热土

能温暖流水，温暖故乡

沉甸甸的金柚

清晨，打开窗门
故乡不再清净
阳光收割了犬吠鸟鸣
赤橙黄绿争相呈献

秋天，说来就来了
仿佛一个隐喻，藏身枝叶间
放大了事物原有的意义
就像屋边那棵柚子树
绿叶突破不了季节的主题
金灿灿的柚子一再突出
风中沉甸甸的秋实

眼前的景象如此真实
此刻，多想摘一只金柚带走
以圆漂泊半生的渴求
但我不能摘下，更不能带走
沉甸甸的金柚
正如沉甸甸的故乡
一旦带走，故乡就轻了

只能在故乡的秋色中
坚信，他乡的秋色
同样如此沉甸

匍匐的时光

在日子里里外外行走
走不出半生匍匐的时光
就像匍匐的野菊花
总走不出这长江嶂

不断谢幕的长江嶂
在霜露和西风的撕扯中
让目光近乎空洞
见证一场衰败，并不绝望
一簇簇匍匐的野菊花
像一颗颗金质奖章
紧紧佩戴在长江嶂上
也有一方江山的英雄气象

于是我不得不重新审视
生命中匍匐的日子
也会在某个时候如期绽放
就像匍匐的野菊花一样
成为紧紧佩戴在
另一片江山的勋章

时光深处的荒凉

夜，如期来临
岭下村稀疏的灯火
撑不开夜固有的深沉

不敢奢望，村里灯火辉煌
只求一盏煤油灯
在老屋再度点亮
照亮一个人，温暖一颗心

最小的愿望就是最大的奢求
老屋，早就作古
倒在岁月的芳草丛中
只剩下回忆的残垣断壁
我有力的手再也抓不到
昏暗的煤油灯下
母亲在老屋缝补日子的手
虽然，老屋和新屋仅隔一米
距离一旦产生，就无法弥补
就像一幅画
背面永远无法直达画面

虽然只是一纸的厚薄

一切已无可复制

一切已无可还原

一盏煤油灯，只能在心中点起

去照亮，时光深处的荒凉

长洋坝

一直想用文字推高长洋坝
或者因为才疏学浅
总堆不出坝上古旧的
稻花，麦浪，菜青
或者因为漂泊坎坷
总堆不出坝上古老的
水牛，炊烟，田园

多年以后，长洋坝
与我一起迈过岁月的门槛
我的文字却已陈旧
在杂草丛生的长洋坝上
依旧堆不出，更遑论推高
阳光下几里江山的风情
也许，仅仅只能
以一只鹰的视觉，捕捉
时光中走失的稻浪
或者与走失的稻草人一起
广袖长舒，拥抱这几里江山
然后，以文字的方式

直白抒情

让爱赤裸裸地开放在荒草上

简单，直接，招蜂引蝶

江山毕竟多情

饱蘸泪水的目光，已无法

用诗人的含蓄，文字的隽永

一厢情愿地表达，长洋坝

只作为一个地名

重新焕发深情

祖祠

祖祠早就翻新好了
坐落在长江嶂下
默默反刍着晨昏

生者自有生者的虔诚
逝者自有逝者的尊荣
"祖德流芳"的牌匾
经阳光擦拭后，足够夺目
闪烁在偌大岭下村上空
满满的，都是内容

无心亵渎先人
无意得罪来者
祖牌上远祖名下
一串串识或不识的名字
在另一个世界，繁衍
名位已定，阵容日渐庞大
曾经各怀心事的灵魂
在另一个世界，能否被超度

熟悉于原来的记忆

陌生于眼前的事物

似是而非的岭下村

看不见炊烟横渡

看不见渡船悠悠

只有祖牌上至亲的名字

仿佛田野上偶尔闪亮的新绿

约略打动，一只征鸿

风车

屋檐下，一架被遗忘的风车
像一个凝重的感叹号
静静地肃立在暮色中
像在等待与某个熟人重逢

岁月一经发酵
就会遵循强者的逻辑
不断酝酿各种轮回
留存或消失大多源于本身
要么在竞逐中强大
要么在竞逐中沉沦
譬如这并不陌生的风车
吹走日子的秕谷
留下生活的丰实
最后自己又在轮回中沦陷

鸟雀忙着为白天谢幕
借着夕阳最后的力量
我也正在为我的诗句转行
我知道我并非某个熟人

或者反倒是一个不速之客

在山村的时光中

沦陷

鸡啼

岭下村的夜，最简单了
简单得只有鸡啼

子夜之夜，偌大的山村
轻易被寒意封存
仿佛一潭吹不起涟漪的水
凝滞在星月之下
切割于时间之外，无法铺陈

沉重于内心的沉重
彷徨于内心的彷徨
这个经不起推敲的夜
秋露远比秋霜凌厉
让所有的表达都荒芜
让所有的想象都荒凉
这个时候，只能孤寂地等待
一个梦如期诞生
推高夜色，推高故乡

当鸡啼渐次响起

仿佛来自先人的呐喊

突破了夜的经纬

把乡村零零碎碎的梦收集

焊接成一张清晰构图

在日出之后，张开

脉络和纹理

定格了生活的内容

象窝山

一群大象等待了多少年
把自己等待成一座座大山

脚步迟重，宛如山的步伐
迈进来就找不到迈出的理由

烟云依偎着象山，拔高了几里方圆
正如早就期待的高度，恰恰脱俗
可以相伴几尺清凉的风，廓宽天空
不像湖中的白鹅，唱不出自己的歌

敬重青山从不遮拦，毋论高矮
只膜拜自己的星天，一如今日
流出的诗句，在人间忘却了人间

渭水

飞翔，是鹰隼的天性
用翅膀描述天空的方向

掀开时间的线装书
静立在渭水之上，一个老人
风雪中稳坐时空交点
目光的铰刀，准确剪辑江山
蓄力待发的翅膀
不在春水荡漾中浪钓
在荡漾的春水中，直钩
钓不起周朝

相逢，正是鹰与隼的愿望
飞翔，正是鹰与隼的向往
只有在天空之上，鹰隼
才能捕捉大地的时光
点化岁月古老的忧伤

渭水还在，鹰隼还在
不在渭水的地方，也有鹰隼
想象着不老的飞翔

汉武帝

不相信时光梦寐
把大汉旌旗插向沙场
在历史的隘口，一夫当关
坚守成一个圆润节点
拔节一段真实时光

当暗含的诗意葱茏成江山
双肩高耸，只为挑起日月星辰
双手横张，只为托起百姓黎民

站在内心拉伸的地平线上
看不看见各自的表达
拔高，站成自己
耸立，站成风景

镜海

并不想看见生活的波动
只想在镜中看见日子的真相
把含蓄于心的苍天流云，峰峦树木
叠加成四时变幻，收纳于镜海
让平静更加平静

当爱情已超出藤缠树的境界
比翼双飞已不需要天空
潜入镜海的水中，无须风雨洗礼
那种名副其实的纯粹才弥足珍贵

逾越尘世固有的逻辑
游动的鱼已脱离了水的约束
天空远比镜海辽阔，飞翔
把禁锢的日子过成生活

在镜海，虚实早就颠覆
就像空置的灵魂
装得下收缩的欲望，容得下膨胀的心

无论怎样，在镜海的洞天中
只拥抱一股清凉的风

黄果树瀑布

盛名太盛，以至不能轻易靠近
偶作一片浮云，就此掠过
以一个人的轻，感受一寸山河的重

不能也无法描摹一次流动，张开
一张白纸，独自轰鸣
包含古今的词汇，不喻自明

青峰之上
从不轻易追究轻与重的根源
一片浮云，扯不住天空应有的蓝
把本该陈设的背景，一一缩小
任由高原的语言，向峡谷流泻
一如兜不住的光阴，让来者
追不上来者

由是知道，沉默并非无声
于恰如其所处，为内心选择呐喊
正如一次相逢，毋论早晚
转身之后，无谓重轻

长城

拾级而上，和平的阳光
融化了内心的想象

狼烟已渐行渐远
在转身的瞬间，看见
长城像群山上暴突的青筋
盘桓在这些大地紧握的拳头上
血脉偾张
簇开的野山花点缀在群山之上
仿佛一群群亡灵盛装出场

黯然是此刻的沉重
神伤是此刻的沉默
在风的号角中，暗藏的杀机
在云雾中若隐若现
不远也不近

起伏的城墙，穿行在时光中
老或不老，都盛满风云

黄河帖

开不败岁月溅起的浪花
在古老的黄土地上抒情

开河的调子把膀子甩开
长长的纤绳早在古铜皮肤上
留下一道九曲十八弯的勒痕
这粗犷的纤夫迈动沉重的步子
从历史深处一步步走来

吼一声船工号子
盐花堆积的脊背拱起一个黎明
盛满大地的衰败和葳蕤
或者时序颠倒，或者阴阳交泰
在风雨的洗礼中，胎生一个
钟鸣鼎食的春秋，生动
平平仄仄世代相传的江山

当双肩耸起巍峨的昆仑
云彩已触手可摸
沉寂于苍天后土的凝重

点燃葱茏岁月赋予的深情
打破约定俗成的沉默
把纤绳牢牢绑定珠峰
逆流而上，已是另一番开阔

黄河，纤绳留在民族肩膀上
坚韧不拔的勒痕，孕育
不息的黎明，在一句诗中含蓄
看见来自远古的雄浑

长江帖

无法用婆娑的语言激动人心
就用我的苍白领略你的质感

一朵花对一个春天的想念
被大坝拦截成高峡平湖的丰盈
持久等待之后，就算流泻
也要释放光热，温暖照亮人间

无可含蓄的思绪千帆竞发
在摇曳的时光中摇曳黎明
而想象并非完全生动
风雨如磐，就算一泻千里
也只能曲折抒情
把古老大地装订成册，翻阅
葳蕤内心的葱茏

像一株草，挺立于某个册页
在时光深处的生长
就算崎岖，就算平坦
坚持的土地都有一片风光

长江，中华大地的装订线

让生命在书中，总能感受

高于泥土的芳香

珠江帖

感动于一条河的丰盈
像一行时代的谱线，横呈大地
闪耀着特有的光芒

抒情过于丰满
无法就此高唱
只能合着浪花跳跃的音符
敲击大地的山峰
这遁世的琴键，在风中
一再葳蕤岁月

琴音悠扬，拨亮思念的底色
在云起云落间邂逅南腔北调
汇聚成磅礴的春潮
写生一个生命，鲜活一个笑容
让匍匐的春秋，不一样厚重

珠江，这大地的五线谱
站在时光前头，演绎
不一样的流年

菊说辞

站在风霜深处
来和去早孤立于尘世
像一枚枚专属的邮票
信封拆与不拆，都在盛开

传递的内容并非中心
粘贴角落的意义，不缺犹轻
像一只蝼蚁行走江湖的分量
无法取决于内心

东篱之下，南山之上
一再仰望日出月落的安详
把盏的深情
走不出流年的星光

一段香，流不流过风霜
浓或淡，都没入远方

江山

带着一颗心，在大地上行走
在山水包围中追寻山水

行囊发白
装下过多少日出与朝霞
倒出过多少落日与云彩
行走的脚步从未停歇

虽然找不着唐时的炊烟
虽然走不近宋时的残雪
至今仍觉得相邻或相近

原来无须行走，也无须追寻
在独有的停泊中，早就到过
万水千山

看到过落霞与孤鹜齐飞
看到过衡阳雁去无留意
看到过浪下三吴起白烟

在盛大的苍茫中

一再苦苦追寻的江山

早就种植在一张张泛黄的

纸上

土地

阳光一再亲吻土地
草木油亮的表情充满质感
这或者就是时光的葳蕤吧
流遍原野，流遍山岗
流遍站立的地方

此刻，多想像一棚银屏藤
长垂根须，探向每个地方
触摸胡杨林，白桦林
梧桐林，松木林，紫荆林
抚摸土地，抚摸山河
一如这清风把最古老的爱
洒向徐飞的白鹭
起伏的蛙声，高擎的莲朵

但我不能，只能荡漾在文字上
把天空举高，把自己缩小
就算诗句一再澎湃，也无法
让这土地多几分热闹
起伏的群山，已无须我陈述

浩荡的江河，已无须我抒情
我只能在其中，又只能在其外
以一朵浪花的执着
扑向这土地

当清风的襁褓，一再将我拥抱
素有的感觉一再胎生
一切已无法切割，无从切割
只能举高一颗心，开出一朵花
别在土地上，向世界表达
与生俱来的深情

后记

专注于内心的表达，不纠结人世的膨胀与收缩，不在浮华中浮华，不在贫瘠中贫瘠，只追求一种简洁抵达诗的远方，收获属于自己的旖旎，在人生的稿纸上裸露最真实的写意。

当一阵清风拥抱生命的恬淡，风景总是属于耕耘者独立于尘世的陌生。并不明白三两碎银的意义，人间烟火的味道才是最熟悉的归程。在爱与恨并存的世界，无意于淋漓畅快的分明，爱也好，恨也好，只要自己足够丰满，就能获得内心的平静与安宁，让收缩的世界渐次膨胀，张开一路的花开鸟鸣，安顿最质感的灵魂，而不至于在蜻蜓点水中肤浅，在坐井观天中简单。

端坐于尘世的硬座，无法在顺途中安卧，只能挺直腰板，让眼光入木三分，才能在人生的道场上收获自己的斑斓。爱恨只是瞬间的片段，无须过分执着，豁达是最好的良药，总在苦中回甘。仰望云霞，东边是灿烂，西边是悲情，在共同的天地里，挑不挑动，都是日出月落的逻辑。折一枝脆柳，作别一次朝暮，一切都无比宽大，一切都无比单纯，只要一颗心能够停泊，哪里都是港湾。

　　站在高山之巅，无法分别情与意的厚薄，只能把情意同时举起，在苍茫的人世接受风雨的洗礼。让情意离不开生长的土地，脱俗一个人的肤浅，萌芽一个人的深刻，不让精神的领土荒芜，不让情感的地带贫瘠，在浮华的世界植根应有的直白，托举起人间的纯粹，让所有的旅程一路旖旎，不再挣扎生存的粗粝。

　　落笔就要让一首诗高出人间，不需邮戳来投寄。让情意像满天雪花飘落在大地，让世界留白，让人间纯粹，让漂移的灵魂不再孤苦，获得安放的圣地。

　　归巢吧，让诗歌普度南北；停泊吧，让阳光普照东西。一堆诗歌的篝火已经点燃，温暖阳光无法温暖的天地。